AF449718

NIEVES EN LA HABANA

EDUARDO J. PÉREZ RÍOS

PUNTO & COMA
EDITORES

NIEVES EN LA HABANA
Eduardo J. Pérez Ríos

Primera Edición: 2020

Diseño de portada: © Lalo Cortés de la Paz
Cuidado editorial: Victoria Gutiérrez Cárdenas y el
autor.

Proyecto gráfico e impresión: Punto&Coma Editores.
informes@puntoycomaeditores.com
www.puntoycomaeditores.com
www.galaxialiteraria.com
Guadalajara, Jalisco. México.
Tel. 33 14822765

ISBN-13: 978-607-96443-8-3

Esta obra se terminó de imprimir en abril de 2020.
Impreso y hecho en México.
Printed and made in Mexico.

NIEVES EN LA HABANA

EDUARDO J. PÉREZ RÍOS

PUNTO & COMA
EDITORES

Para Fernanda, por obligarme a
iniciar el viaje.

Para Sarahy, por acompañarme.

Para Karla, por obligarme a
regresar.

Contenido

I 15

II 17

III 21

IV 25

V 31

VI 33

VII 37

VIII 39

IX 41

X 43

XI 45

XII 47

XIII 49

XIV 51

XV 53

XVI 55

XVII 59

XVIII 61

XIX 63

XX 69

TRANSCRIPCIÓN DE LAS NOTAS DE U.N. OWEN.
ENCONTRADAS EN LA HABITACIÓN DE UN HOTEL EN
LA HABANA, CUBA. 71

EPÍLOGO 119

AGRADECIMIENTOS 131

"Tengo la impresión de que se considera insoluble este misterio por las mismísimas razones que deberían inducir a considerarlo fácilmente solucionable"

—E.A. Poe

Los Crímenes de la Calle Morgue

Dicen que en literatura también hay un zodiaco. Tal vez estoy maldita por haber nacido bajo el signo de Rimbaud. No sé si la culpa fue de mis padres, del destino o de los astros. Ahora solo estoy segura que la casualidad no existe cuando te engendran bajo la constelación del escritor.

Siempre he pensado que lo más difícil de esta profesión es comenzar a redactar un nuevo texto. Las palabras no suelen presentarse con facilidad cuando te presionas a ti misma para encontrar la inspiración. Si en verdad tienes la paciencia y capacidad de llegar al final del texto entenderás por qué creo que esta historia es en realidad un cuento de hadas: no tiene principio, tampoco tendrá un final.

No es ningún secreto que vine a Cuba para borrarte completamente de mi mente. Debí haberme dado cuenta hace mucho tiempo que se trataba de una tarea imposible, debí saber desde un principio que me seguirías permanentemente mientras caminaba por las viejas calles de La Habana. Es solo después de un par de semanas recorriendo la isla que me doy cuenta de que me será imposible dejarte ir.

Hoy me encuentro sola en un lujoso hotel del Parque Central intentando comenzar a escribir mi último relato. Es mucho más fácil culpar al clima y no a la falta de imaginación el que me esté costando tanto trabajo empezar. Debo reconocer que siempre tuviste razón… ¡claro que me advertiste que el calor era insoportable en Cuba en esta época del año! Es tan sofocante que apenas te quedan energías para poder pensar. También sé que debo hacer un mayor esfuerzo para poder concentrarme. Después de todo, tal vez no me quede mucho tiempo ya.

Por supuesto que me gustaría que las personas siempre recordaran las primeras palabras contenidas en esta nota. Claro que deseo que sean tan memorables para el lector como las de *Scaramouche* de Sabatini: *"Nació con el don de la risa y con la intuición de que el mundo estaba loco. Y ese era todo su patrimonio".*

Pero hace mucho tiempo descubrí que no tengo el talento de Sabatini para las letras. Y por supuesto que jamás llegué a construir ningún patrimonio. Es por eso por lo que iniciaré este relato de la forma más sencilla posible:

Pueden ustedes llamarme Owen.

I

~~~~~~~~~

</div>

Pueden ustedes llamarme Owen. No espero que se conceda la más mínima credibilidad al relato que estoy a punto de describirles en las páginas de esta maltratada libreta. Después de todo, se trata del primer registro que intento dejar plasmado sobre mi propio protagonismo en un misterio que se asemeja a un relato de novela negra de la vida real.

Si usted, lector, es lo suficientemente curioso y sagaz, estará de acuerdo conmigo en la aseveración de que uno no puede simplemente salir a la calle a rastrear misterios para retar al intelecto, al miedo propio y a la imaginación. Los misterios nunca se buscan: los misterios siempre te encuentran.
~~~~~~~~~

"¿Crimen literario? Desaparición de famosa escritora conmociona al mundo"

SON LAS PALABRAS QUE LEÍ A LO LEJOS EN LA PRIMERA plana de un periódico que sostenía un comensal de edad avanzada que visitaba esa mañana el café *La Flor de Cuévano* en el centro de la ciudad de Guadalajara. Aunque estaba ocupado pensando en mis pendientes laborales y acompañado de mis propias preocupaciones, la noticia del periódico llamó mi atención como si se tratara de un viejo recuerdo posándose de nueva cuenta en mi memoria.

Recuerdo que di un último trago a la taza de té que sostenía en ese momento con mi mano y dejé un par de monedas de propina sobre la mesa en donde me había sentado. La misma mesa en la que me siento todos los días desde hace 15 años, por lo menos.

Salí del local a buscar el puesto de periódicos más cercano para enterarme más del suceso. ¿Cómo podría haberme dado cuenta en ese momento que sería el último misterio que resolvería en mi vida?

"Patricia Adler, afamada escritora de novelas de misterio, dejó hace dos semanas su domicilio ubicado en el centro de Coyoacán en la Ciudad de México. La señorita Adler dejó el país rumbo a la isla de Cuba donde comenzaría a realizar una investigación de campo en La Habana Vieja, recolectando el material para lo que sería su próximo libro por publicar. Se sabe por los registros migratorios que aterrizó en la isla caribeña. Jamás llegaría a hospedarse en el hotel de acuerdo con

el itinerario trazado por su editorial. No se ha vuelto a saber de ella" —terminé de leer en la nota publicada.

Yo también soy escritor de profesión, o al menos lo fui hace algún tiempo. No pueden culparme por pensar que la noticia contenía todos los elementos necesarios para llamar la atención de alguien que estuvo siempre a la espera de ser encontrado por innumerables misterios.

III

Entre semana comparto un despacho con un contador retirado de apellido Gómez-Letras. Nuestra austera oficina está en el segundo piso de un viejo edificio patrimonio de la ciudad ubicado en la esquina de la Avenida Presidente Cruz-Mori y la calle del cura Periñón.

Gómez-Letras, quien a pesar de lo rimbombante de su apellido, es solo descendiente de una prominente familia de plomeros originaria de la Ciudad de México, llegó a ser el contralor general de un importante corporativo inmobiliario hasta que una rara enfermedad reumática truncó su vida y su carrera. Ya sea por lástima de alguno de los dueños de la empresa, o porque Gómez-Letras sabía demasiados secretos sobre la mala fiscalización del corporativo, mi compañero de oficina jamás fue despedido a pesar de su condición y se hizo acreedor a una temprana y jugosa jubilación.

Desde hace muchos años, Gómez-Letras no tiene ninguna responsabilidad laboral importante que atender. Mi compañero de oficina no tiene un horario fijo de trabajo y por lo mismo casi nunca está en el despacho antes de la una de la tarde. En ocasiones he llegado a pensar que me rentó un espacio solo para no sentirse más solo de lo que ya está.

Cuando Gómez-Letras llega a la oficina siempre me saluda cordialmente diciendo:

—Buenas tardes, Owen, ¿se ofreció algo?

Nunca sé qué responder. Simplemente contesto a mi vecino moviendo la cabeza de lado a lado en señal de negación. Como si se tratara de un extraño ritual consagrado al dios de los oficinistas, después de pronunciar estas palabras, el contador se dirige inmediatamente a su lugar y comienza a sacar lentamente de un maltratado portafolios de piel café un sinnúmero de papeles y servilletas con cosas escritas en su peculiar caligrafía. Mi amigo tarda casi tres cuartos de hora acomodando las anotaciones sobre su escritorio y después solo se sienta todo el día a escribir más cosas en más papeles y más servilletas.

—Yo también quiero ser escritor como usted, don Owen. Estoy editando mi novela en horarios de oficina. Pero prométame que no dirá nada. No quiero que la empresa me corra si se enteran —dice Gómez-Letras cuando se da cuenta que contemplo fascinado su ritual. ¡Cómo no apreciar a mi despistado y excéntrico casero!

I V

Apenas media hora después de haber salido de *La Flor de Cuévano,* recibí en el despacho de Gómez-Letras la llamada de un importante ejecutivo de la editorial que publica en México las novelas de la escritora Patricia Adler. Era poco antes de la una de la tarde de un día común entre semana, así que mi vecino de despacho no se encontraba en la oficina para contestar:

—¿Señor Owen? —preguntaron al otro lado del auricular.

—Ajá. El mismo.

—¿Ulises Nicanor Owen?

—Prefiero que me llamen solamente Owen. ¿Puedo saber quién llama?

—Por supuesto que puede, ahora que lo pregunta. Me llamo Heberto Tintaverde, aunque mi nombre no es importante por el momento señor "Solamente Owen" —dijo la voz haciendo énfasis en mi apellido con un tono serio que quise interpretar como sarcasmo.

—Solo debe usted saber que soy abogado —continuó el hombre— y represento los intereses legales de la editorial de la señorita Patricia Adler. Estoy seguro de que un hombre culto como usted ha escuchado hablar de ella… o tal vez también de mí. Se podría decir que soy un personaje conocido en ciertos círculos.

—Justo me voy enterando de la desaparición de la señorita Adler por las noticias en el periódico —respondí. —Un misterio digno de una novela negra de la vida real, ¿no lo cree así?

—Ajá. Tal vez tenga usted razón.

—Sin embargo, usted entenderá que el corporativo que represento no escatimará en gastos para resolver este enigma a la brevedad posible, señor Owen. Verá usted,

Patricia Adler es nuestra mente creadora más prolífica y rentable.

—Ajá. Estoy seguro de que la literatura barata de aeropuerto es la que mejor se vende en estos días, pero… ¿qué diablos tengo que ver yo en esto? —pregunté a Tintaverde. ¿Por qué no simple llama a la policía? ¿O a la Interpol? —continué mi reclamo.

—La despistada policía mexicana ya ha dejado claro en el pasado que no puede hacer nada en este tipo de casos, señor Owen. Resolver misterios no es su fuerte. E involucrar a las agencias internacionales está fuera de la discusión. Queremos que este asunto se maneje discretamente. Queremos que sea usted quien averigüe qué le ha pasado a la señorita Adler —hubo un breve silencio en la línea antes de que me atreviera a responder.

—¿Yo? ¡Vaya! Me halagan de verdad, usted y su editorial… pero creo que se han equivocado de persona, señor Tintaverde. ¿Por qué habrían de encomendarme a mí una tarea semejante? Solo soy un periodista… escritor a lo mucho… y estoy retirado… y nunca fui lo bastante bueno… para nada. Mucho menos para resolver enigmas policiacos.

—Bueno… *"los misterios siempre lo encuentran a uno"*, ¿no cree usted, señor Owen? Recuerdo haber leído esa cita en algún lado —interrumpió el abogado.

—No soy un detective, señor Tintaverde —respondí haciendo énfasis en su apellido con un tono despectivo para devolverle su sarcasmo inicial. ¿Y si acaso un crimen se ha cometido? ¿Qué podría hacer yo al respecto?

—Lo sé, señor Owen. Y mi organización también lo sabe. Pero es usted escritor también. ¿No es así? Usted mismo lo acaba de afirmar. Esta historia podría terminar siendo buen negocio para usted también.

—Soy un escritor retirado —aclaré. Ahora se podría decir que soy como cualquier otro jubilado que vive de sus "rentas". Aunque en mi caso en lugar de rentas, gracias a ustedes abogados, les llamo solo "migajas" o "regalías".

—Digamos entonces que tiene usted la experiencia, la curiosidad y, sobre todo, las credenciales y recomendaciones necesarias para llevar a cabo este trabajo.

—¿Recomendaciones? ¿De qué diablos está hablando? ¿Cómo dice que consiguió mi número, Tintaverde? ¿Le ha estado usted preguntando a alguien sobre mí? ¡Conteste!

—Taibo Jacques, señor Owen. Agradézcale usted a Taibo Jacques.

"Taibo Jacques", había respondido Heberto Tintaverde antes de colgar el teléfono. ¡Ese nombre maldito que jamás me dejará volver a estar en paz con mi conciencia!

V

No puedo negar que la respuesta de Tintaverde y la mera mención del nombre Taibo Jacques me provocó un profundo mareo y me dejó sin aliento por un momento.

Según me comentó por teléfono el abogado, se suponía que yo debía "hacer todo lo posible" por evitar que se filtrara un nuevo escándalo cultural que pusiera en entredicho el profesionalismo y seriedad del corporativo editorial que firmaba los cheques de Patricia Adler y vendía millares de sus historias en todo el mundo. Sobre todo, tomando en cuenta que los detalles referentes a su desaparición parecían recordar otro suceso trágico del mundo literario ocurrido en los últimos años que yo resultaba conocer demasiado bien: Taibo Jacques, un reconocido autor internacional había decidido establecer su residencia en México para vivir como un ermitaño fuera de los reflectores que lo habían acompañado durante toda su vida. Quería escapar de la celebridad intelectual que lo atormentaba. Jamás sabría que lo haría solo para encontrar una terrible muerte en nuestro país.

De alguna forma u otra, la mayoría de los involucrados en el submundo intelectual posmoderno conoce quién fue Taibo Jacques más allá de sus obras literarias o lo que se ha dicho de él en la prensa.

Propios y extraños de su obra, están de acuerdo en que era un autor talentoso, una voz adulta para las nuevas generaciones. Un personaje exitoso, sí, pero por demás atormentado. No hace falta ser un erudito de las letras o doctor en psicología para darse cuenta de que en sus novelas podrá leerse eternamente entre líneas una clara inestabilidad emocional. Taibo Jacques se trataba de un sujeto tan extraño y excéntrico como cada uno de los personajes que creó en sus novelas. Por eso a nadie sorprendió la noticia de su repentino suicidio.

VI

Un suicidio no siempre es un misterio, los cabos sueltos comienzan a atarse casi inmediatamente después de que una persona decide quitarse la vida. Apenas unas semanas después de que la noticia de la muerte de Taibo Jacques inundara los periódicos y medios de comunicación, la editora del autor hizo constatar al mundo que Jacques había dejado diversos relatos inéditos que darían para un sinfín de publicaciones póstumas que continuarían conformando su legado literario.

Los ejecutivos editoriales y abogados, inescrupulosos criminales de cuello blanco como el señor Tintaverde, no podían estar más felices. Después de todo, aunque no todos los escritores siguen siendo igual de prolíficos despúes de haber sido enterrados, las editoriales nunca pierden.

Con el paso de los meses, pocos pusimos verdadera atención a los detalles de las nuevas novelas que vieron la luz del sol con el nombre de Taibo Jacques. Los cambios en el estilo narrativo de las historias comenzaron a ser temas de discusión entre intelectuales, fanáticos y detractores del autor.

"Es obvio que la editorial está utilizando un negro, y lo está haciendo pasar por Taibo Jacques".

"Es cierto que no se trata del mismo estilo, pero sin duda estamos leyendo al mismo genio".

"Por supuesto que no tenemos frente a nosotros un testamento literario, sino una confesión suicida en partes".

Son las líneas de algunas de las discusiones más serias que recuerdo haber leído en la prensa, o comentado con los seguidores más especializados del desaparecido autor. Los famosos nunca suelen descansar después de muertos.

VII

<center>~~~~~~~~~</center>

"Un fantasma es el más grande bestseller internacional en la actualidad"

ES COMO RECUERDO QUE INICIABA UN CONTROVERSIAL artículo escrito por otro viejo autor, colega siempre crítico de Taibo Jacques, que hacía referencia a una incómoda acusación: según sus investigaciones y declaraciones de fuentes allegadas al finado escritor, la compañía editorial de Jacques, que por supuesto era subsidiaria de un poderoso corporativo de medios de comunicación, había contratado a uno o tal vez varios "negros", como suele llamarse a los fantasmas escritores, para imitar el estilo del difunto Taibo Jacques y así aprovechar el morbo de los lectores para hacer estallar las ventas de nuevos libros póstumos.

En resumidas cuentas, Taibo Jacques no había dejado testamento literario ni patrimonio alguno, sino que sus nuevas novelas, ahora convertidas en sus obras más vendidas, eran solo parte de una de las estafas más sórdidas y elaboradas por el mundo editorial moderno.

En ese momento, la carrera del viejo hombre que escribió el artículo estaba en franca picada, por ello muchos calificaron su investigación como un intento desesperado de permanecer vigente en una profesión que comenzaba a devorarlo poco a poco. Sin embargo, a pesar de las opiniones encontradas, el artículo desató las sospechas de la gente y fue gestando un escándalo cultural sin precedentes a nivel internacional.

VIII

Después de unos meses y muchas acusaciones, la verdad en esta historia que les relato salió a relucir junto con el descubrimiento de una nueva muerte: la editora de Taibo Jacques fue encontrada muerta, envenenada por cianuro, en un lujoso hotel del extranjero junto con una extraña confesión suicida. Según lo que podía leerse en la nota, ella y Taibo Jacques habían sido amantes alejados de los reflectores de la prensa literaria durante mucho tiempo, hasta que los celos profesionales y sentimentales de la editora estallaron.

Así, movida por una sospecha de infidelidad y un posterior arranque de ira cuando se enteró que Jacques la engañaba, la mujer causó la muerte por asfixia de su talentoso y afamado amante mientras dormía. La realidad siempre supera a la ficción. Ni el mejor escritor de novelas de misterio podría haber planeado un giro de tal magnitud en la trama.

IX

Claro que las investigaciones de la torpe policía mexicana jamás descubrieron que la editora había hecho todo lo necesario para ocultar el crimen que cometió y hacerlo parecer como un suicidio. Como es costumbre, la gente solo creyó en lo que quería creer. Después de todo, la historia del escritor atormentado encajaba perfectamente para ayudar a la consolidación de una nueva leyenda literaria.

La editorial se encontraba más que ansiosa por seguir publicando a Taibo Jacques y por ello aceptó sin problema los borradores que se habían hecho pasar como el testamento literario del fantasma suicida. Sin importar qué historias estaban contenidas en los relatos, la editorial convenció a propios y extraños que se había descubierto una mina de oro en potencia a través de astutas campañas publicitarias. Por supuesto que todos los medios noticiosos respaldaron la idea sin saber del crimen que se ocultaba detrás del telón.

En su nota suicida, la amante de Jacques confesó que dichos borradores, ahora convertidos en novelas póstumas publicadas, eran en realidad historias que ella misma había escrito a lo largo de los años. Su obsesión enfermiza por convertirse en autora publicada la había llevado a ser la amante de Taibo Jacques en un grado en el que no podía dejar de pensar, trabajar, escribir y respirar para él.

X

〜〜〜〜〜〜〜

Un crimen nunca debe quedar impune, es la verdadera única regla de la literatura del género. Si la conciencia y la culpa de la mujer no la hubieran arrastrado al suicidio, seguramente las sospechas que yo me dediqué a plantear en ese artículo se habrían olvidado en poco tiempo. Nadie dudada que Taibo Jacques se había colgado en su fría y sola habitación. Nadie cuestionaba el por qué. Yo fui aquel periodista que se atrevió a discutir con fuentes de dudosa procedencia, un hipotético caso en el que se acusaba a una empresa editorial de no tener escrúpulos: nada diferente a muchos otros casos en el mundo de corporativos de medios de comunicación envueltos en escándalos.

Un misterio apareció y se esfumó tras la confesión de una amante arrepentida y así fue como yo, Ulises Nicanor Owen, viejo escritor de artículos periodísticos, casi retirado, obtuve nuevamente cinco minutos de fama en la profesión que parecía haberme desahuciado hace mucho tiempo.

XI

Jamás sentí remordimiento por lo que le pasó a la asesina confesa de Taibo Jacques. Ni siquiera cuando las habladurías más fantásticas comenzaron a circular por la prensa y hubo incluso quien acusara al corporativo de haber engañado a la pobre editora y de ser los verdaderos culpables del asesinato de su más grande autor.

En realidad, poco de lo que se dijo en la época llegó a importarme. Después de todo, tras muchos años de sacrificio, mi trabajo nuevamente me había dado un poco de reconocimiento. Incluso hubo quien me acusó de haber contribuido indirectamente a terminar con la vida de la amante de Taibo Jacques con la publicación de aquel artículo en los periódicos.

XII

DE ESTA HISTORIA YA PASARON MUCHOS AÑOS. LOS QUE me conocieron antes, dicen que haber estado bajo los reflectores de uno de los crímenes culturales del siglo me afectó permanentemente. La poca familia y amigos que me quedan, dicen que me convertí en un monstruo de la noche a la mañana, una especie de Frankenstein formado con los restos que Truman Capote dejó tirados por ahí.

Todos los periódicos del mundo estaban deseosos de publicarme. Después de lo sucedido, comencé a escribir un nuevo artículo que se extendió hasta convertirse en un popular libro con todos los detalles de mi investigación independiente: pequeñas biografías de la pareja que incluían anécdotas de la infancia de Taibo Jacques en la ciudad de Barcelona; su lejano parentesco familiar con Onésimo Jacques, el prominente empresario y político mexicano que desarrolló la región del Plan de Abajo a principios del siglo XX; la niñez, adolescencia y años de educación ultraconservadora de su amante y editora; una apasionante descripción de la relación tormentosa de los amantes; y por supuesto… una reconstrucción de lo que sucedió la noche en la que el crimen se cometió.

Quién lo diría, Taibo Jacques sí seguía siendo material de *bestseller* aún después de enterrado. Pinches editoriales, nunca pierden.

XIII

AHORA USTED, ATENTO LECTOR, SABE QUE YA SOLO SOY un viejo periodista retirado y nuevamente un *bestseller* por accidente. Dicen que, con la excusa de estarme preparando para escribir sobre Taibo Jacques, en realidad me convertí en su sombra. No un "negro", sino un verdadero fantasma acosado por el éxito de un escritor enterrado.

Tal vez soy el detective y víctima de una novela negra de la vida real. Tal vez solo leí demasiados libros de *nonfiction* hasta que mi cerebro comenzó a secarse y me convertí en una especie de Don Quijote del *truecrime* y el género *hardboiled*. Ahora que pienso en todo esto en retrospectiva, en realidad no me sorprende que Heberto

Tintaverde, si es que en verdad existe tal personaje, me haya contactado.

XIV

TENGO LA OPORTUNIDAD DE VIAJAR A CUBA PARA INTENtar resolver un nuevo misterio e inyectarle una dosis de adrenalina a mi vida. La oferta por parte de la editorial suena demasiado tentadora como para no aceptar: a cambio de cubrir todos mis gastos y honorarios, yo me vería comprometido a entregarles todas mis notas de investigación sobre el desvanecimiento de Patricia Adler. Claro, todo lo que yo pueda escribir solo les dará más material escabroso y retorcido para vender.

La prensa ya comenzaba a especular sobre la desaparición de la reconocida autora, llenando de emociones a los consumidores del amarillismo periodístico. Por un lado, si la señorita Adler aparecía viva, la editorial tendría su nuevo libro y un nuevo éxito de ventas asegurado. De ser este el caso, yo aún estaría obligado a presentar mi investigación la cual sería publicada como una acotación, o tal vez un prólogo, a la nueva novela de Adler y que tendría como propósito acrecentar el morbo y la expectativa del lector. Por otro lado, si la señorita Adler no aparecía nunca o aparecía muerta… bueno, sin duda alguna mi libro sobre su desaparición sería otro éxito de ventas instantáneo.

XV

A DECIR VERDAD, EL TRATO QUE ME PROPUSO TINTAVERDE estaba rodeado de una atmósfera misteriosa difícil de rechazar por un viejo a punto de retirarse de este mundo: me recordó viejas historias de novelas policiacas y detectivescas que había leído hace muchos años y me habían atrapado en mi juventud. Principalmente, toda la situación me recordó un viejo artículo que leí en algún periódico sobre la misteriosa desaparición de Agatha Christie, la famosa escritora británica y reina indiscutible de las novelas de misterio.

XVI

La señora Christie, quien obtuvo su famoso apellido al casarse con un condecorado coronel de la Real
Academia Militar Británica llamado Archibald Christie,
desapareció también sin dejar rastro en un soleado día de
mediados de diciembre de 1926.

Los detalles del misterio son algo borrosos para mí
después de tantos años, pero mantengo en mi memoria
envejecida los elementos significativos del suceso. El automóvil que conducía la joven señorita Agatha fue descubierto abandonado cerca de un lago en el condado de
Surrey apenas unas horas después de que personas allegadas a ella notaran que la autora no había llegado nunca
al destino trazado por su itinerario. Inmediatamente, la

fama de la escritora y los contactos del coronel Christie en la milicia, iniciaron una fuerte movilización policial en su búsqueda. Después de todo, Agatha Christie era ya una pequeña mina de oro.

A los pocos días de su desaparición, toda Europa estaba fascinada por el misterio. Hechos sobre la vida del matrimonio Christie no tardaron en revelarse para la sorpresa de propios y extraños: a pesar de su galantería, el condecorado coronel Archibald resultó no ser muy diferente a los violentos y sexistas caballeros británicos de la época.

Hubo teorías que afirmaban que Agatha Christie se había fugado con algún nuevo amante. Hubo quien se atrevió a decir que la escritora se había suicidado a causa del estrés psicológico provocado por el maltrato de su esposo y el estrés de la fama. Incluso hubo quien afirmó que en realidad su desaparición se trataba de un complejo truco publicitario para despertar el morbo de los lectores y ayudar a la promoción de sus novelas. En realidad,

Agatha Christie no necesitaba de tan sórdida treta para acrecentar su popularidad.

Contrario a las historias contenidas en sus libros, el misterio de su desaparición nunca se esclareció. Agatha Christie apareció viva tres semanas después en un hotel de la campiña inglesa a varios kilómetros del lugar donde su automóvil había sido encontrado.

Su presencia había pasado desapercibida durante los días de su desaparición por los empleados del lugar, hasta que fue reconocida por un huésped fanático de sus novelas. Claro, las personas no suelen reconocer a los escritores por su rostro, incluso en nuestros días.

Cuando el coronel Christie llegó al hotel para identificar a su esposa y corroborar que se encontraba bien, la escritora alegó sufrir una profunda amnesia y dijo no tener el más mínimo recuerdo de cómo había llegado hasta aquel lugar. Nunca más volvió a hablar con nadie al respecto. Los medios de comunicación no volvieron a indagar en el suceso.

XVII

En el momento de su desaparición y reaparición, Agatha Christie era ya una *bestseller* internacional. Quizá la primera de la historia. Su última novela, *El Asesinato de Roger Ackroyd*, la había hecho mundialmente famosa. Aún hoy en día, es la autora más vendida de todos los tiempos, superada solamente por la Biblia y las obras de William Shakespeare.

Nadie podría haber imaginado que la escritora tuviera sus propios misterios y enigmas en su vida. En realidad, su existencia podría ser digna de la trama de cualquiera de sus novelas. Sea cual haya sido la razón de su desaparición, la señorita Christie se llevó el secreto hasta la tumba y los lectores de novelas de misterio solo pueden seguir especulando.

Habiendo recordado este suceso, no podía dejar de preguntarme: ¿acaso es esta mi oportunidad de revivir la desaparición de una afamada escritora y esclarecer para el mundo literario una nueva incógnita? De ser así, por supuesto que viajaría a La Habana para encontrar a Patricia Adler. Por supuesto que escribiría mi propio libro. Después de todo, ¿por qué no sacarle provecho al misterio que recién me había encontrado?

XVIII

Suelo ser un hombre culto e informado. Mi carrera me había llevado a saber que en Cuba no se cometían crímenes con regularidad. Contrario a lo que la opinión pública puede creer, se trata de uno de los países más seguros del mundo gracias a la rigidez del régimen. Si Patricia Adler abordó el avión y aterrizó en el Caribe, por supuesto que debía seguir con vida en algún lugar de la isla.

—Los únicos criminales en ese país atentan contra el derecho a la propiedad privada —me dijo el señor Tintaverde durante una nueva conversación telefónica para afinar los detalles de mi viaje.

—¡Por supuesto que usted piensa así! Es la paranoia y el orgullo de todos los extranjeros que opinan sobre lo que no entienden —le respondí.

—Entiendo sobre mi negocio, señor Owen. Tarde o temprano usted aprenderá también que...

—Déjeme adivinar, ¿qué las editoriales nunca pierden? —interrumpí.

Y nos quedamos en silencio.

XIX

Desde un principio estuve convencido que detrás de la desaparición de Patricia Adler debía encontrarse una solución muy simple o una demasiado compleja.

—Solo hay un pequeño inconveniente, señor Owen.

—Ajá.

—Ya no hay lugares disponibles en los vuelos a la Ciudad de México desde Guadalajara. Tendrá usted que viajar en autobús.

—Creí que había dicho que no escatimarían en gastos señor Tintaverde. Consígame un lugar a como dé lugar. Estoy muy viejo para viajar en camión a cualquier lado.

—Somos una editorial, señor Owen. Sin importar lo que haya leído o visto en la televisión, no tenemos tanta influencia en el mundo real —dijo Tintaverde.

—Solo no se le vaya a ocurrir mandarme en una balsa a Cuba.

—Le aseguro que un taxi ejecutivo con todas las comodidades ya lo espera en su casa. Lo llevará a la Central de Autobuses de Guadalajara apenas haga su maleta, y viajará a la Ciudad de México en el primer camión que salga para allá. Después usted estará por su cuenta para llegar al aeropuerto. Por cierto, le recomiendo que solamente lleve lo necesario en su maleta: un par de cambios de ropa, su pasaporte, un cuaderno de notas… y algún libro para que no se aburra en el aeropuerto mientras espera.

—Ajá. ¿Debo estar en Cuba por mucho tiempo?

—Un par de semanas a lo más. Si no encuentra a Patricia en ese tiempo, jamás la encontrará. —Se sobreentiende que no se exigirá de mí ningún trabajo ilegal, ¿no es cierto?

—No más ilegal que lo que usted no ya haya hecho antes —balbuceó el abogado.

—¿Cómo dice? —pregunté.

—Con toda seguridad; si se le pidiera alguna cosa ilegal, queda usted en completa libertad de retirarse de la misión. Simplemente dé el trabajo por concluido y regrese a México.

—Ajá.

—Se me olvidaba señor Owen, lleve usted ropa fresca y ligera. ¡El calor es insoportable en Cuba en esta época del año!

—Qué más da. De seguro en La Habana podré tomar muchos daiquiríes y mojitos para refrescarme. Todos los gastos estan pagados, ¿no es así?

—También barquillos —dijo Tintaverde.

—¿Cómo?

—Los helados, señor Owen. Dicen que hay un lugar en La Habana donde las nieves son deliciosas. De todos los sabores y colores que se pueda imaginar. No tendrá usted otra opción para intentar bajarse esa temperatura infernal.

—¡Nieves en la Habana! ¡Quién lo diría! Oiga señor Tintaverde, se me acaba de ocurrir algo. Si no encuentro a la señorita Adler y a usted lo corren de su puesto en la editorial. ¿Por qué no ponemos una agencia de viajes?

—Señor Owen este trabajo debe tomarse en serio, ya hemos perdido mucho tiempo. Con el tráfico que hay en la Ciudad de México, llegará pasadas las ocho a la Central Observatorio y tendrá que atravesar aún toda la ciudad. Apenas le alcanzará el tiempo para investigar la última pista que tenemos de Patricia Adler antes de que dejara el país.

—¿Y de qué pista está usted hablando? ¿Por qué no la había mencionado antes?

—La policía localizó su automóvil abandonado.

—Déjeme adivinar, ¿cerca de un lago? —Agatha Christie se asomaba nuevamente en el misterio.

—¿Cerca de un lago? ¡Por supuesto que no, Owen! lo encontraron a las puertas de una cantina de mala muerte que se encuentra muy lejos de su domicilio. El coche no estaba siquiera cerrado con llave. Verá señor Owen, Patricia Adler es una mujer muy… excéntrica y cuidadosa. Jamás dejaría su automóvil solo y por supuesto, jamás viajaría ni en taxi ni en transporte público a ningún lado.

—Tengo que aprender a negociar como ella —pensé en voz alta. Por cierto, señor Tintaverde, ¿por qué entonces no me lleva en su taxi ejecutivo con todas las comodidades hasta la Ciudad de México y empiezo mi investigación más rápido? (*clic*)

—¿Bueno? oiga… señor Tintaverde, ¿sigue usted ahí?… ¿bueno?… ¿bueno?…

En verdad que las editoriales nunca pierden.

XX

Soy escritor de profesión, o al menos lo fui en alguna ocasión. No pueden culparme por pensar que la desaparición de la señorita Adler contenía todos los elementos necesarios de un misterio de novela negra de la vida real. Después de afinar amablemente los detalles con el señor Tintaverde, tracé mi plan para seguir los últimos pasos de la escritora en la Ciudad de México. Así es como comienzan mis notas de investigación.

LLEGUÉ A LA CENTRAL OBSERVATORIO APENAS UNOS MI-
nutos después de las ocho de la noche de un caluroso día
a principios del mes de julio. La Ciudad de México es un
dragón, la gente parece huirle desesperada utilizando sus
calles como arterias que poco a poco se desangran.

El misterio de la desaparición de Patricia Adler no
debe ser tan complicado, la respuesta más simple a un
complejo enigma termina siendo casi siempre la correcta:
es la navaja de Ockham de cualquier escritor de novela
negra. No dejo de pensar en estas ideas mientras el autobús atraviesa las congestionadas avenidas de la ciudad. La

escritora solo escapó a esta vida, se hartó de vivir adentro de la hidra del cuento. Como a Jonás, a Patricia Adler se la tragó la ballena para nunca ser escupida.

* * *

Después de bajar del autobús, me apresuré a recoger mi equipaje: un viejo bolso de viajero con apenas un par de cambios de ropa, mi pasaporte y este maltratado cuaderno de notas. Al salir de la estación abordé el taxi que me llevaría a seguir mi primera pista en esta curiosa investigación. Me dirigía a visitar el último lugar en el que la policía mexicana tenía la certeza que estuvo la escritora: la cantina frente a la cual su automóvil fue encontrado abandonado.

* * *

Subí a un viejo volkswagen y balbuceé una dirección al conductor. El insomnio ha sido mi vicio desde hace tiempo, por lo que no descansé nada durante las ocho horas que duró el viaje en autobús desde Guadalajara. Solo cerré los ojos por un minuto para darle tiempo a mi mente de asimilar el espacio y tiempo en el que me encontraba. Al abrirlos nuevamente, el chofer ya había cruzado el Eje Central y el Palacio de Bellas Artes apareció plasmado como un fantasma en una de las ventanas del coche. Pronto atravesamos San Juan de Letrán y nos dirigimos al corazón de la Colonia Roma. Cuando el semáforo en una esquina se puso en rojo, solo bajé del auto. Recuerdo haberle pagado doscientos pesos al taxista sin siquiera preguntarle por el precio del viaje. Metiendo las manos en mis bolsillos le di a entender que no tenía más. El conductor me mentó la madre en su cabeza. Después, el escarabajo simplemente desapareció en la noche.

* * *

En el local con el número 122 de la calle Hamel, en una transitada esquina de la calle Castillo del Morro, encontré mi guarida para esconderme de la madrugada. El lugar apareció entre los olores de locales baratos de garnachas donde seguramente Jack Kerouac convertido en Sal Paradise volvería a contraer disentería.

El taxi me llevó a encontrar parte del pasado fantasmal de la historia literaria contemporánea: sabía que el apartamento donde William Burroughs había asesinado a su esposa Joan Vollmer hace más de sesenta años aún estaba intacto en aquella infame esquina de la ciudad. Una cantina llamada Yonqui oculta la escena del crimen cada noche desde entonces.

No dejo de pensar que es por demás curioso que en aquel mismo edificio se encontrara el cuerpo sin vida de Taibo Jacques un par de años atrás. El excéntrico escritor había buscado vivir en un apartamento contiguo del mismo edificio, justo arriba de una cantina que también amaba frecuentar. Seguramente esta fue también una de las razones por las que Heberto Tintaverde decidió contactarme.

Los pormenores de la resolución de ese misterio son ya cosa del pasado y pertenecen al dominio popular. En realidad yo no había planeado visitar el lugar para depositar una ofrenda a estos mártires de la literatura. Cuando Heberto Tintaverde me pidió comenzar mi investigación en una dirección que yo conocía a la perfección, pensé que se trataba de una broma. ¿Por qué Patricia Adler abandonaría su auto justo ahí? ¿Qué fantasmagórico misterio —o acaso maldición— se escondía en ese lugar? ¿Hay una conexión en la vida de estos autores adictos aparte del gusto por la escritura decadente? ¿Y qué papel juega el misterio de la desaparición de Agatha Christie en todo esto?

Ironías y coincidencias de la vida, quizá.

* * *

Me senté en la barra de la oscura cantina como lo haría cualquier cliente regular. Se me ocurrió entablar una conversación con el cantinero y pretender que solo quería matar mis sentidos bebiendo pulque y mezcal. Actué un poco y pretendí estar devastado por una traición sentimental. Le dije que estaba seguro de que mi mujer me engañaba, después de todo, la idea no parecía tan alejada de lo que le contaría cualquier otro cliente de aquel peculiar tugurio. Le conté al hombre que sospechaba que mi mujer visitaba recurrentemente la cantina con su joven amante. Que después simplemente se dedicaban a visitar todos los moteles del centro de la ciudad. Le conté que ella era escritora y profesora universitaria, que estaba seguro de que me traicionaba con uno de sus alumnos. Por supuesto que le di la descripción de la última foto conocida de Patria Adler.

—Por aquí no se paran muchas mujeres… ni muchos hombres jóvenes, amigo. Los recordaría sin lugar a dudas —dijo el cantinero— si la historia fuera al revés y me contaras un cuento sobre cualquier profesor universitario queriéndose tirar a alguna alumna… entonces te podría nombrar un millón de referencias —aclaró el sujeto.

—¿Y te acordarías de Taibo Jacques? —me atreví a preguntar para satisfacer mi curiosidad.

—¿El escritor? —preguntó. ¡Pobre cabrón! —se atrevió a decir después. Aunque tampoco puedo culpar a su mujer. Si yo descubriera que mi esposa me engaña, seguro también la hubiera asesinado.

* * *

Después de un par de minutos de plática con el cantinero me di cuenta de que solo perdía mi tiempo. De pronto cruzaron por mi mente las historias de todas las tragedias contenidas en aquel edificio. A media luz y entre el alcohol barato, a nadie parece importarle el pasado del lugar. Al menos por un par de horas, el local y yo estábamos a salvo de los recuerdos de los crímenes impunes cometidos entre sus paredes.

Al echar una última mirada a la cantina, me alegró no encontrar ninguna referencia entre sus muros al desenlace del matrimonio Burroughs o al del incomprendido Taibo Jacques.

A mí edad muchas cosas te dejan de importar. A estas alturas del partido, ya no existe ningún placer en imitar la vida de intelectuales adictos y atormentados. A decir verdad, a mi edad ya solo importa el reflejo que aparece sobre la barra de todos los bares que visito: un viejo cansado con la mirada siempre perdida en el horizonte. Un Che Guevara cualquiera disfrazado de oficinista.

* * *

Al terminar el tercer mezcal simplemente me dejé llevar por mi actuación sin importar el propósito original de mi visita a la cantina. Como es mi costumbre, solo seguí bebiendo hasta olvidar.

Por un momento pasó por mi mente que los fantasmas del edificio me acompañaban con el único propósito de envenenarme lentamente con recuerdos y con cada trago de alcohol que bebía.

—Mezcal *Los Suicidas* y pulque de la casa bien helado. Estos tragos no te harán más daño del que te hizo ella —me dijo el cantinero como respuesta a la lectura de mi pensamiento.

—Solo sírveme otros chupes. El calor está de la chingada aquí —respondí.

—La vida es una maldita broma, ¿no? Querer disfrutar algo tan dulce y frío esperando que en realidad sea un amargo y caliente veneno, es una cruel ironía —dijo el cantinero mientras me servía otro pulque y escurría dentro de mi vaso las últimas gotas que le quedaban a la botella de mezcal.

* * *

Los grados de alcohol en los últimos tragos me provocaron escalofríos. Ni siquiera recuerdo haber pagado mi cuenta al cantinero. Solo salí a la calle tambaleándome para que me pegara el aire. El calor se había vuelto insoportable.

Mientras me alejaba del local, volvía la cabeza para echarle un último vistazo al edificio. Fue entonces que me di cuenta de que la cantina era en realidad un mausoleo. De pronto cruzó por mi mente la idea de que la señora Vollmer había sido sacrificada en ese lugar con un propósito. La pobre mujer dejó su existencia en ese sucio apartamento para trascender a su propia muerte.

El cantinero tenía razón, la vida es una maldita broma. Que el destino les otorgue a las tragedias un propósito sí es una cruel ironía. Después de matar a su esposa esa noche, William S. Burroughs aprendió a escribir. Después de ser asesinado en el mismo lugar a causa de un arranque de celos, Taibo Jacques se convirtió en una leyenda.

* * *

Aquella madrugada me encontré caminando rumbo al Centro Histórico siguiendo un irracional antojo de comer quesadillas.

Justo a un par de cuadras del Zócalo llamó mi atención un viejo pordiosero que gastaba las pocas monedas que tenía comprando atole caliente a una persona que había improvisado su local en una vieja bicicleta oxidada. A lo lejos, observé al viejo cuidadosamente mientras bebía: con la mano temblorosa le daba pequeños sorbos al sucio recipiente de unicel que sostenía. Después, poco a poco sacó una botella de alcohol de 96 grados de una maltratada bolsa de papel de estraza que tenía metida en la bolsa de su pantalón. Aún tembloroso, solo vació un poco del líquido en el atole. Cuando bebió otra vez del vaso y el líquido caliente tocó nuevamente sus labios, pude darme cuenta de que la juventud regresaba a sus ojos.

Recuerdo haberme acercado a comprar un poco del mismo atole mientras el anciano se sentaba en el piso para terminar su improvisado desayuno. Como si tuviera miedo de espantarlo, comencé a caminar hacia él sosteniendo con las dos manos mi vaso caliente. Aún tengo grabada la expresión de sorpresa del viejo cuando señalé con el dedo la bolsa de estraza donde guardaba su destilado de farmacia. Después de vaciar también un poco de su contenido en mi atole y darle el primer trago, mi antojo de quesadillas simplemente desapareció.

A cambio de la bebida, le di al anciano varias monedas y compartimos nuestra resaca y soledad.

* * *

Comencé a platicar con el anciano en lugar de solo pensar en mi primer fracaso siguiendo la pista de Patricia Adler. Le conté que acababa de llegar a la ciudad. Presumí que era escritor. Le platiqué que tomaría un vuelo hacia La Habana y que pasaría un par de semanas caminando por la ciudad vieja buscando en ella los lugares que me servirían de inspiración para mi nuevo libro.

El pobre hombre apenas podía mantener los ojos abiertos. Pensé que no me escuchaba. No tenía por qué saber que en realidad le estaba mintiendo. Tampoco tenía que contarle sobre el misterio en el que estaba envuelto. Decidí que era tiempo de partir. Al levantarme del piso con las piernas entumidas escuché que el anciano me deseaba suerte a su manera.

—Váyase usted a la chingada, escritor.

—¿Disculpe?

—Que vaya usted con Dios.

Y se volvió a quedar dormido.

* * *

No quise tomar un taxi y decidí llegar al aeropuerto en metro. Perdí una hora tratando de ubicarme en las líneas que debía tomar. Recuerdo haber pensado que no me alcanzaría el tiempo y no abordaría mi avión.

—Pinche mendigo. Ni siquiera me gusta el atole —pensé.

Sé que eran cerca de las dos de la tarde cuando llegué a la terminal número uno del Aeropuerto Internacional Benito Juárez y me dirigí a recoger mi pase de abordar.

En la sala de espera tomé las últimas monedas que me quedaban en el bolsillo y compré un té para borrar los restos del atole en mi paladar. Aunque siempre le echo la culpa a la gastritis, tomar té en lugar de café es uno de los caprichos que aún conservo de un viejo amor perdido. Lo sé, debo parecer un pinche marica. Al dar el primer sorbo, mi mente volvió a posarse sobre el misterio de la señorita Adler. De pronto ya solo extrañaba los 96 grados de alcohol puro.

* * *

El reloj del puesto de revistas marcaba el cuarto para las tres de la tarde. La resaca estallaba en mi cabeza y el dolor de mi cuerpo comenzaba a hacerme alucinar: de pronto el aeropuerto se convirtió en un kraken y la puerta de la terminal se volvió un dragón de múltiples cabezas. En verdad que la Ciudad de México es la hidra del cuento.

Me acerqué a la fila de la aerolínea. Sé que no era la resaca lo que me provocaba náuseas ni me hacía alucinar. También recuerdo que la rodilla izquierda me punzaba y la espalda me hormigueaba. Cargaba con dificultad la mochila de segunda mano donde había guardado dos pantalones, dos camisas, dos pares de cambios de ropa interior, mi pasaporte, mi cuaderno de notas y... ¡Si seré pendejo! No traje un libro para entretenerme cuando no esté investigando.

* * *

Algunos minutos después, una chillona voz hizo aterrizar mis pensamientos mientras llegaba al mostrador de un puesto de revistas antes de recoger mi pasaje.

—¿Puedo ayudarle? ¿Busca usted algo? ¿Le envuelvo ese libro? ¿Le gustan las novelas de misterio?

—Puede ser... quizá... aún no lo decido... no... ¿no tiene algo de Agatha Christie?

* * *

Hace unos años compré una vieja edición de un libro de Agatha Christie en el paseo peatonal de la avenida Chapultepec en Guadalajara. Recuerdo que me costó cuarenta pesos, aunque un vendedor mal encarado pedía setenta por él. Al ver que perdía el interés no tuvo más remedio que aceptar las monedas que le sobraban a mi bolsillo. Ese día aprendí que cuando eres indiferente con las personas, éstas siempre están dispuestas a negociar.

* * *

Alguna vieja amistad me había recomendado ese libro. Fue mucho antes del escándalo de Taibo Jacques. Se trataba de una novela corta llamada *Diez Negritos* y la historia me había llamado la atención por muchas razones. Recuerdo que leí en el prólogo que se trata del libro más vendido de Agatha Christie, y curiosamente, uno de los pocos que escribió en los que la historia no estaba protagonizada por sus acartonadas creaciones detectivescas: un detective maricón y con pinta del típico francés antipático (aunque en realidad es belga) llamado Hércules Poirot, y una anciana petulante a la que simplemente llamó miss Marple. Los detectives son igual en todas partes, después de todo.

* * *

Nunca pude leer la novela. Una semana después de haber comprado el libro, fui a tomar unos tragos con unos amigos al bar *La Estación* en la colonia Europea de Guadalajara. Dejé estacionado mi coche a un par de cuadras de distancia. Al regresar al auto después de horas y horas de las mismas pláticas sobre problemas maritales, culos de viejas jóvenes y broncas financieras, me di cuenta de que le habían dado un cristalazo a mi viejo vocho para robar mi portafolios.

¡Qué pinche coraje! La bolsa era una copia barata china de marca. Ni siquiera era de piel. No tenía nada valioso… solo el libro de Agatha Christie que representaba mi triunfo ante la indiferencia y un recuerdo del pasado.

Durante mucho tiempo pensé que esa había sido la venganza del vendedor mal encarado.

* * *

—Por supuesto que tengo libros de Agatha Christie, señor. Se trata de la literatura de un viajero por excelencia. En lo personal, ya no sé qué se inventó primero: las novelas policiacas, o los aeropuertos.

—Según recuerdo, ella tiene un libro con un título un tanto racista. Algo sobre gente de color. —Sí, *Diez Negritos*. ¡Lo tenemos justo aquí! Aunque solamente en su edición en español se llamó así el libro. El título original en inglés se traduce algo así como "Y no quedó ninguno". Como aquella vieja canción de cuna. El nombre de la novela tuvo que ser modificado por conveniencias políticas y sociales.

—¿Qué canción de cuna?

—Verá usted, primero le tengo que contar de qué trata el libro. Resulta que diez personas son invitadas por un misterioso anfitrión a pasar unos días en una misteriosa mansión ubicada en una isla. El nombre de la isla es "La Isla del Negro" y la propiedad es lo único que existe en aquel paraje. Ya sabe, los invitados esperan pasar el típico fin de semana de burgueses que se ve en las películas viejas de Hollywood.

—Ajá. Continúe, por favor.

—Todo parece muy normal en la casa donde los protagonistas se reunen, pero en el recibidor, justo a medio camino del acceso principal está enmarcada una vieja canción de cuna que habla sobre diez personajes —los diez negritos— que van muriendo uno por uno hasta que no queda…

—Recuerdo una canción así de mi niñez. En mis tiempos los protagonistas eran perritos o borregos —interrumpí a la vendedora. ¡Mi maestra de primaria nos la hacía cantar!

—Así es. En inglés, la canción llegó a ser protagonizada por negritos, indios y finalmente… por soldados. La señora Christie tuvo que cambiar a los protagonistas de la tonada en distintas ocasiones para no ser acusada de racismo. Verá, además de la canción, sobre una mesa hay diez estatuillas que van desapareciendo poco a poco mientras las personas van desapareciendo.

—Chingado. Ya me contó lo más interesante.

—Lo más interesante es el final. ¡Nunca adivinaría usted quién resulta ser el asesino!

—Soy detective, señorita. Ya sé quién es el asesino. ¡El asesino siempre es el escritor!

* * *

Seguí paseándome por la terminal, inmerso en mi lectura e intentando resolver el caso de los diez negritos… indios… soldados… de Agatha Chrisite. De pronto me di cuenta de que en otro puesto de revistas les quedaba solo una copia de la última novela de Patricia Adler. No pude evitar sonreír. La gente ya solo necesita desaparecer, o tal vez morirse, para convertirse en éxito de ventas.

"En realidad nunca quise ser famosa. Jamás escribí un libro buscando llamar la atención. Nunca quise ver una foto mía adornando afiches ni contraportadas. Quizá por eso elegí este pseudónimo. Probablemente el nombre que siempre quise tener, una nueva forma de convertirme en la autora que siempre quise ser".

Eran las palabras que podían leerse en un pequeño fragmento de entrevista en un suplemento cultural que se obsequiaba con la compra del último libro de la señorita Adler. ¡Con razón nadie recuerda haberla visto! Patricia Adler está en lo correcto. Cuando eres escritor nadie te reconoce en los aeropuertos.

* * *

Nada interesante pasó desde mi salida de aquella cantina hasta mi estancia en el aeropuerto esperando a que mi avión despegara. De pronto me encontré sentado en el asiento 5F del vuelo 2109 con destino a La Habana, Cuba.

El vuelo desde la Ciudad de México tiene apenas un par de horas de duración. Apenas comenzaba a acomodarme en mi asiento, cuando al observar por la ventana me percaté que el litoral del caribe mexicano se hundía en la tierra mientras el avión comenzaba a descender. El campo abierto cubano fue lo primero que me provocó sorpresa: al igual que la Isla del Negro en la historia de Agatha Christie, el Aeropuerto Internacional José Martí está en medio de la nada.

* * *

Gracias al misterio de Patricia Adler y a la historia de los diez desaparecidos comenzaba a sentirme como un verdadero detective de novela negra. Incluso empecé a imaginar cómo me plasmaría a mí mismo cuando llegara el momento de escribir mi libro con las conclusiones de esta complicada y lucrativa investigación:

"Tenía la apariencia de un crooner de los años sesenta: complexión delgada, cabello gris aceitoso y ojos color aceituna. Poseía el mismo mal genio que Chandler le dio a Marlowe, y por supuesto… también era un vicioso. Jamás fumó en su vida, pero su voz era ronca como si sus cuerdas vocales estuvieran completamente quemadas: años de tomar al menos un caballito de mezcal «Los Suicidas» a la hora de la comida, y media botella de bourbon después de la cena no habían pasado en vano. Lo más irónico de todo es que Ulises Nicanor Owen dejó de tomar el café turco que tanto le gustaba porque le provocaba acidez estomacal. Ya hacía muchos años que lo había cambiado por cualquier té suave.

—Eres un pinche marica —se repetía para sí mismo porque ya no se soportaba".

* * *

Esa misma tarde llegué a Cuba. Me hospedé en un lujoso hotel localizado frente al Parque Central aprovechando el adelanto que la editorial me había otorgado para los gastos del viaje. Para mi sorpresa, probablemente se trataba del hotel más elegante en el que había estado en mi vida.

* * *

Mientras intento trazar una agenda como investigador privado, tampoco puedo dejar de lado *Diez Negritos*. El libro de Agatha Christie incluye un desfile de pomposos personajes que en verdad llegan a ser memorables. Quizá algún día yo me pueda convertir en uno también: un juez, un dandy, un mayordomo, una institutriz, un exmilitar, un médico… y entre tantos otros, un asesino.

Considero pertinente transcribir la vieja canción de cuna en mi registro de notas con el respeto que merece la vieja canción de cuna británica y la versión de Agatha

Christie. Después de todo, no puedo dejar de repetir la tonada como si se tratara de un mantra -o plegaria- para la resolución de asesinatos:

Diez negritos se fueron a cenar.

Uno se ahogó y quedaron: nueve.

Nueve negritos trasnocharon mucho.

Uno no se despertó y quedaron: ocho.

Ocho negritos viajaron por Devon.

Uno se escapó y quedaron: siete.

Siete negritos cortaron leña con un hacha.

Uno se cortó en dos y quedaron: seis.

Seis negritos jugaron con una colmena.

A uno de ellos le picó una abeja y quedaron: cinco.

Cinco negritos estudiaron Derecho.

Uno de ellos se doctoró y quedaron: cuatro.

Cuatro negritos se hicieron a la mar.

Un arenque rojo se tragó a uno y quedaron: tres.

Tres negritos se pasearon por el zoo.

Un oso los atacó y quedaron: dos.

Dos negritos estaban sentados al sol.

Uno de ellos se quemó y quedó: uno.

Un negrito se encontraba solo.

Y se ahorcó, y no quedó ¡ninguno! [1]

* * *

Hablar de política siempre me ha dado náuseas. Quizá por eso, de todas las referencias que Tintaverde me dio sobre La Habana antes de viajar, solo guardé en mi mente la descripción de la famosa nevería del barrio de Coppelia.

Averigüé que una fila enorme de personas le da la vuelta a un parque cercano al centro de La Habana moderna como si se tratara de una serpiente interminable. Me enteré de que los cubanos se formaban desde temprano para comprar una nieve en aquel peculiar establecimiento del barrio del Vedado.

---

[1] Christie, Agatha. *Diez Negritos.* México, Grupo Editorial Planeta. 2017, p. 37

No dejo de pensar que en verdad el calor es insoportable en Cuba en esta época del año. Ojalá tuviera algo dulce y frío en mi paladar para poder refrescarme. Si Patricia Adler piensa como yo, seguro pasará por aquí tarde o temprano.

* * *

Me formé en la cola del reptil. Después de solo un minuto, un policía no me dejó acercarme más a la nevería principal y me encaminó a la zona exclusiva para turistas de Coppelia. Solo estábamos la vendedora y yo. Pedí sabor chocolate.

El dulce frío no hizo que el calor cediera. De pronto me invadieron unas terribles ganas de devolver el estómago.

La realidad comenzó a invadirme. Patricia Adler se ha convertido en una obsesión que me devora. Ojalá pudiera sacar su misterio de mi mente. Por un momento me parece escuchar a alguien decir que las nieves en La Habana son deliciosas. En verdad lo son.

* * *

El golpe de calor casi me hace desmayar el día de hoy. Debe ser la maldición del aire caribeño, ahora entiendo por qué las venas de los cubanos siempre están ardiendo. Después de varios días de estar caminando por La Habana, una jovencita se me acerca a pedirme dinero y comienza a murmurar sobre mi parecido con el *Che*. El único parecido que tengo con aquel hombre es una incipiente barba y la mirada siempre perdida en el horizonte.

* * *

He buscado a Patricia Adler todos los días desde mi llegada atravesando el Paseo del Prado camino al Malecón de La Habana. Cada tarde sigo la misma ruta hacia la zona del Vedado y como único recurso a las pistas que he logrado trazar, simplemente espero sentado en el área turística de la heladería Coppelia. Ningún extranjero puede soportar este calor sin una deliciosa nieve. Estoy seguro de que algún día Patricia aparecerá y habré resuelto el misterio de su paradero.

Es imposible seguir cualquier otra pista. Nadie tiene un registro de haberla visto. No hay ningún hotel donde su nombre esté escrito. La memoria de Patricia Adler poco a poco comienza a convertirse en un fantasma que solo vive en mi cabeza.

Tampoco tengo una conexión directa con el mundo. ¿Acaso reapareció con amnesia como Agatha Christie lo hiciera en su momento? ¿Alguien se topó con su cadáver en México? ¡Cómo saberlo! Tal vez ya ni siquiera me interese resolver el misterio ya.

* * *

Cada día me siento más cómodo caminando por la ciudad. Imagino que sus calles me pertenecen más con cada paso que doy.

Seguramente el viejo Paseo del Prado le perteneció a la embriaguez de Hemingway antes que a la mía. Quizá mucho antes le perteneció a los poemas de Guillén. Entre las columnas de su viejo camellón aún se proyecta la sombra que hace resonar el arpa de Carpentier. En realidad, el Paseo del Prado solo le pertenece a mi obsesión por encontrar a una mujer desaparecida y al fantasma de las palabras de Martí.

* * *

Cada tarde, al regresar por la Avenida Antonio Maceo, me siento en el Malecón a contemplar el sol hundiéndose sobre la Bahía de La Habana: para mí nunca dejará de ser el Golfo de México.

Después de un par de días, he aprendido a hablar con la gente que pesca y se baña en el mar color mercurio de La Habana. Bebiendo de una botella de ron con los cubanos casi nos hemos vuelto hermanos. He decidido emborracharme y hablar con cada uno de ellos hasta descubrir si alguno sabe algo sobre el paradero de Patricia Adler. Todos los días me quedo en el viejo Malecón hasta que el sol se pone y un estruendo resuena en el cielo y sé que es hora de retomar mi andar de regreso al hotel del Parque Central. Una misma ceremonia se repite desde hace siglos en la ciudad: con el sonido de un cañonazo, los fantasmas del castillo de San Carlos de la Cabaña gritan cuando son las nueve de la noche.

* * *

Aún por la noche, el calor en La Habana es insoportable en esta época del año. Como extranjero, los daiquiríes y mojitos se vuelven una necesidad: el agua en Cuba sabe a láudano.

Desde mi primer día de estancia, encontré el famoso bar *El Americano Tranquilo* caminando por la calle Obispo a una cuadra del lujoso hotel del Parque Central. Igual que el resto de la ciudad, el viejo bar se detuvo en el tiempo. No puedo dejar de encontrar un viejo parecido con la sucia cantina *Yonqui*.

* * *

Rodeado de adornos en madera fina, mobiliario tapizado en color carmesí y destellos dorados en sus paredes, la imagen que proyecta el bar es ahora solo el recuerdo de la decadencia. *El Americano Tranquilo* es una visita obligada para todos los extranjeros: casi puedo estar seguro de que algún día veré a Patricia Adler ahí.

Ya solo pretendía beber para espantar el calor y este misterio. De pronto me di cuenta que una hermosa rubia cuarentona me coqueteaba desde el otro lado de la barra. Su imagen se asemeja a la descripción de una seductora espía rusa de los años cincuentas. Con tan solo saludar, me invitó mi tercer trago. Después de una breve charla, la acompañé su hotel para hacerle el amor al ron que caía sobre su piel.

* * *

Hoy le pagué un CUC a un anciano por una vieja edición de un periódico *Granma*. Al igual que muchas otras personas sin empleo, el viejo encontró la manera de pedir dinero esquivando la caridad.

Con tan solo pocos días en la isla, poco a poco voy aprendiendo que los cubanos le ponen precio a las cosas materiales dependiendo de su estado de ánimo.

—¿Busca usted algo? —preguntó el anciano cuando tomé el periódico. Solo asentí con la cabeza.

El anciano sacó entonces una moneda de tres pesos que ocultaba en una sucia bolsa de plástico. No esperaba que el pobre hombre me diera cambio por el billete que le había entregado. Observé cómo se santiguaba antes de tomar la moneda y acariciar mi mano. Después, sin levantar la vista, evocó una cansada señal de la cruz sobre mi pecho y entre dientes murmuró:

—Que Cristo con su fusil al hombro siempre me lo proteja.

Tardé solo un par de segundos para darme cuenta de que el hombre en realidad me estaba confiando el cuidado de una medalla con el rostro de su Mesías. Claro, la moneda tiene acuñada la imagen del *Che*.

* * *

Estoy fascinado por haber encontrado un mercado de pulgas en la Plaza Vieja. Descubrí remates de libros que el pueblo cubano olvidó a través del tiempo. *París era una Fiesta* de Hemingway fue mi única adquisición. Lo intercambié por *Diez Negritos* de Agatha Christie. Después de todo, el relato ya vive en mi memoria. También comienzo a pensar que una novela sobre un misterio que se desarrolla en una isla comienza a sonar ridículo y premonitorio para mí.

* * *

Me contaron que en un antiguo barrio del distrito de Centro Habana podía encontrar a un joven Babalao que me ayudaría a descifrar cualquier enigma. En realidad, solo quería que me dictara alguna nueva pista para exorcizar el misterio que ahora vive en mi cabeza.

Encontré al hombre mientras recorría un viejo callejón conocido con el nombre de Hamel. Una mujer en el hotel me comentó que el lugar era una visita obligada por todos los protagonistas de misterios. El lugar se encuentra en una pequeña calle que atraviesa las vías Aramburu y Hospital de camino a La Universidad de La Habana. Sabes que has llegado al callejón cuando pintorescos murales comienzan a darle vida a las antiguas construcciones coloniales del centro de la ciudad.

* * *

La historia Hamel está escrita en sus muros. Las pinturas que lo rodean no solo ayudaron a resucitar un barrio muerto y olvidado por el tiempo, ayudaron también a desenterrar a las personas que fueron sometidas por la pobreza, por el régimen y por la ciudad. Yo buscaba el callejón caminando sin rumbo. Sin darme cuenta, el callejón me encontró a mí. Es inevitable que un lugar así no te atraiga como si fuera un imán astral. Las paredes tienen magia en sus pinturas. Al cruzar por el umbral que te da entrada al callejón entendí la razón. Hamel es en la actualidad algo más que un centro de expresión artística. Los jóvenes afrocubanos lo han convertido en un templo de adoración a la Santería.

* * *

Al quedarme mirando los murales de Hamel como un niño perdido, el único que se interesó por impregnarme de su esencia fue un joven llamado Adonis. Mulato de ojos verdes, Adonis se presenta e inicia la plática que me introduce en los conceptos generales de la Santería y la cosmogonía Lukumí.

Descubrí que Adonis es un Babalao y poco a poco logra envolverme con palabras sobre religión y cultura. Al verme interesado en su explicación, Adonis me dijo que también era un lingüista y un lector asiduo. Por un minuto pienso que sabe sobre mi propósito en aquel lugar.

* * *

Adonis comienza a hablar sobre una constante en el misterio que me llevó a investigar la desaparición de Patricia Adler. Quizá la expresión de mi rostro cambió por un minuto. Quizá Adonis vio en mis ojos que no quería seguir hablando sobre el tema y poco a poco retomamos una discusión sobre dioses muertos y sus tumbas. Un Babalao es un sacerdote consagrado a la sabiduría. En la religión Lukumí se le considera el padre del destino.

—¿Un dios de la expiación? —dije al Babalao.

—Para ti, el demonio de los misterios eternos —contestó.

* * *

Al verme más interesado en la magia que en la literatura, Adonis ofreció hacerme una lectura adivinatoria. Rodeado de veladoras, muñecos de Santería, machetes y demás artefactos religiosos, Adonis comenzó a escupir las palabras que aún retumban como fuego en mi cabeza, justo como la pintura en los muros del callejón de Hamel. Comencé a repetir la frase como si se tratara de un mantra y a la vez una maldición:

"Soy así porque no le prendo una vela a Dios y luego otra al diablo, se la prendo al tiempo".

* * *

Primero Hamel, después el Malecón y el ron. Ahora, el insomnio se sigue apoderando de mí por la noche. Desde hace muchas noches recibo de madrugada la visita de tres fantasmas: Pasado, Presente y Futuro… todos tienen el rostro de una autora que nunca he visto y no responden cuando les pregunto por su nombre.

—Búsquense otro Scrooge y déjenme dormir —susurro siempre entres sueños sin darme cuenta de la hora en la que vuelvo a quedarme dormido.

* * *

Hoy no tenía ganas de seguir buscando más. Estoy realmente cansado. Poco a poco el misterio por el que fui contratado se ha convertido en un asesino que pretende matarme de desesperación.

Desde hace unos días me quedo tranquilo bebiendo ron en el Malecón de La Habana. Ya solo siento la necesidad de comer y de dormir. El día de hoy, particularmente y sobre todo, deseo echarme sobre la cama y sumergirme en un profundo sueño. En esta ocasión tal vez para no despertar.

Cuando el sol se puso y el sonido del cañonazo retumbó en mi insomnio, decidí regresar al hotel. Ni siquiera reaccioné al estruendo proveniente del Castillo, todos mis pensamientos estaban concentrados en una sensación reconfortante de entumecimiento y soledad.

* * *

Quizá esto no sea más que un mal sueño. Me siento cansado, terriblemente cansado. Me duele el cuerpo; mis párpados se cierran… dormir… dormir… ¡ah, dormir!… no dejé de pensar durante la media hora que me tomó recorrer el camino de regreso al viejo hotel del Parque Central.

¡Dormir tranquilo ya que me encuentro solo en esta isla abandonada por Dios!

* * *

¿En verdad alguna vez fui capaz de elaborar y resolver misterios? Si fuera un escritor de verdad ni siquiera podría imaginar un final para darle solución al enigma que rodea la desaparición de Patricia Adler. Tal vez la voz de Heberto Tintaverde haya estado solo en mi cabeza. La voz de la conciencia que me lleva a purgar los pecados por un alma que hizo de todo con tal de convertirse en escritor.

* * *

"Un negrito se encontraba solo".[2]

Solo sin Patricia Adler… ni su rastro… ni su recuerdo. Nadie la ha visto. Nadie sabe qué fue de ella. En ocasiones imagino que ella no solamente me ha seguido por todo mi andar en la ciudad, sino que siempre ha estado aquí, hospedada en la habitación junto conmigo.

---

[2] Ibídem, p. 38

Seguramente se burla de mí mientras escribe su última novela en un rincón… sentada en una silla, imaginando cómo acabará el relato. No siempre los finales de las historias resuelven todos los acertijos. Me pregunto si los misterios te siguen encontrando aún después de muerto.

Deseo ante todo llegar al hotel a comer algo y refrescarme. En realidad, no puedo más con este calor. Me pregunto si tendrán nieves como las de Coppelia en el servicio a la habitación. Mi cansancio es más grande que mi hambre por resolver misterios.

"Un negrito se encontraba solo".[3]

El vestíbulo del hotel no se encuentra iluminado mas que por la débil luz del crepúsculo. Subo la escalera despacio cargando con una botella de ron en mi mano derecha. El cansancio entorpece mis pasos.

---

[3] Ibídem, p. 38

"Un negrito se encontraba solo".[4]

Sí, debo estar perdiendo la razón. De pronto tengo la impresión de que Patricia Adler me observaba nuevamente. Sí, ¡debe estar esperándome en la habitación!

¡Maldita seas Agatha Christie! Tú y tus misterios y tus memorias… ¿cómo es que terminaba esta estúpida rima del libro? ¡Ah!

"…Y se ahorcó y no quedó ninguno".[5]

—FIN DE LA TRANSCRIPCIÓN—

---

[4] Ibídem, p. 38

[5] Ibídem, p. 38

Ulises Nicanor Owen llegó al final de la escalera que lo llevaría a su habitación y se dirigió a la puerta de madera que se encontraba al fondo del pasillo. Al abrirla, tropezó con algo que lo hizo dejar escapar la botella de ron que cargaba cuidadosamente con su mano derecha, casi como si guiara a un pequeño niño tomándole del brazo. La caída fue amortiguada por una frondosa alfombra que tapizaba todo el cuarto donde se encontraba hospedado desde hace ya varias semanas. Owen ya no recordaba cuándo había aterrizado en la isla. Sus sentidos y cordura comenzaban a nublarse por un misterio que estaba seguro ya no podría develar. El calor lo agobiaba y su mente parecía ahora estar atrapada en su propia novela negra de la vida real o tal vez solo expiando los pecados de su conciencia.

El periodista retirado con aspecto de *crooner* entró en la habitación. Ni siquiera notó la cuerda que se encontraba atada en el centro de la alcoba. ¿Acaso él mismo la había colocado ahí antes? No podría saberlo. A estas alturas de su viaje, no pensaba más que en el destino del "último negrito" de la historia del libro de Agatha Christie que había devorado con tanto interés durante su estancia en Cuba. Ahora comenzaba a pensar que el último sobreviviente al misterio se trataba de él mismo.

—¡Qué tranquila está la habitación del hotel! —pensó U. N. Owen. Y la habitación no parecía estar vacía. Era seguro que Patricia Adler lo esperaba dentro del cuarto. Tenía que ser así. Su propia habitación era el único rincón de La Habana que no había registrado a conciencia. ¿Qué decía, pues, la última línea de la canción de cuna de la historia? —se volvió a preguntar.

"¿Qué colgaba del techo? ¿Una cuerda con un nudo corredizo? ¿Y una silla para subirse, una silla que caería con un simple puntapié?".[6]

Owen no dejaba de repetir las líneas impresas en el libro, haciendo lo posible para no olvidar el final de la historia mientras veía atónito la soga que se abalanzaba

---

[6]   Ibídem, p. 206

lentamente hacia él como si le estuviera llamando. Por un momento dejó de lado sus pensamientos, definitivamente suicidas, y volvió en sí por un minuto con la esperanza de que la voz de Patricia Adler pudiera acallar las voces en su cabeza. Estaba seguro de que vería a la escritora de un momento a otro, estaba seguro que desentrañaría su misterio, estaba seguro. Pero antes se le vino a la mente el final que Agatha Christie le había reservado a su novela e irónicamente también a él:

"¡Claro! El final de la canción era: Y se ahorcó, y no quedó ¡ninguno!".[7]

---

[7] Ibídem, p. 206

EPÍLOGO

Claro que en literatura también hay un zodiaco. Pero tal vez, y solo tal vez, en realidad esté maldita por haber nacido bajo el signo de Meursault. La culpa no fue de mis padres, ni del destino, ni de los astros. Ahora estoy segura que la culpabilidad no existe cuando te engendran bajo la constelación del homicida.

Siempre he pensado que lo más difícil de mi profesión es darle fin a un nuevo relato. Las palabras no suelen presentarse con facilidad cuando te presionas a ti misma para encontrar la inspiración. Quizá ahora comprendas por qué dije que esta historia en realidad debería ser considerada como un cuento de hadas: por supuesto que nunca tuvo un principio, tampoco le daré un final.

No es ningún secreto que vine a Cuba para borrarte completamente de mi mente. Debí haberme dado cuenta hace mucho tiempo que se trataba de una tarea imposible, debí saber desde un principio que me seguirías permanentemente mientras caminaba por las viejas calles de La Habana. Es solo después de un par de semanas recorriendo la isla que me doy cuenta de que me será imposible dejarte ir. El demonio en mis pecados va a poseer para siempre tu memoria.

Aún me encuentro en este lujoso hotel del Parque Central intentando terminar de escribir mi último relato. Es mucho más fácil culpar al clima de que me esté costando tanto trabajo finalizar. Ahora debo reconocer que siempre tuviste razón, claro que me advertiste que el calor era insoportable en Cuba en esta época del año. Tan sofocante que apenas te quedan ganas de querer respirar.

Por supuesto que me gustaría que las personas siempre recordaran las últimas palabras contenidas en este viejo cuaderno de notas. Claro que me gustaría que fueran tan memorables para un lector como las de *Crimen y Cas-*

tigo de Dostoievski: *"En todo esto habría materia para una nueva narración, pero la nuestra ha terminado".*

Pero hace mucho tiempo que descubrí que no tengo talento alguno para las letras. Y el material para mi narración también se agotó hace mucho tiempo. Por eso solamente finalizaré este relato de la forma más sencilla posible:

Pueden ustedes llamarme Patricia Adler. Confieso mediante esta nota ser la asesina del escritor Taibo Jacques.

Por supuesto que no espero que se haya concedido ninguna credibilidad al relato que les fue descrito en estas páginas. Me basta con saber que he dejado una confesión escrita sobre el crimen que he cometido. Después de todo, este es el primer registro que intento dejar plasmado sobre mi propio protagonismo en un misterio que se asemeja a un relato de novela negra de la vida real.

"Y ahora voy a contar cómo cometí los crímenes de la isla del Negro".[8]

Si en algún momento se le ocurre a la despistada policía mexicana registrar el apartamento ubicado en el número 122 de la calle Hamel, en una transitada esquina con la calle Castillo del Morro, descubrirán en el techo de la habitación principal una cuerda con un nudo corredizo bien amarrado, un hombre colgado de ella y una silla de madera que cayó al suelo después de haberle dado un simple puntapié.

---

[8] Ibídem, p. 222

Claro que hice parecer del asesinato de mi talentoso amante un suicidio. ¿Qué tan difícil puede ser el engaño para alguien que siempre soñó con ser una escritora de novelas de misterio? ¡Por supuesto que Patricia Adler suena como el seudónimo indicado para presumirle al mundo mi talento!

Después de todo, ¿cuál debe ser el nombre correcto para una escritora que nunca será publicada? ¿Y para una asesina que no desea ser atrapada? Si es que usted, morboso lector, debe saberlo, hace un par de noches asfixié al pobre Taibo Jacques mientras dormía… la misma noche en la que lo vi con esa joven mujerzuela, la misma noche que descubrí que me era infiel.

En realidad, no me arrepiento del pecado que he cometido. Ahora he logrado hacer de mi amante un ser inmortal. Las personas seguirán diciendo que él era un hombre talentoso, pero gracias a mí se convertirá en un mayor *bestseller* internacional. Estoy segura de que ya se han hecho los arreglos necesarios para que se publiquen sus últimos relatos a manera de novelas póstumas y legado. Por supuesto que ahora ustedes ya saben que en realidad él no los escribió, ¡pero eso no importa ya! ¿Por qué deberíamos tenerle respeto a la memoria de un muerto cuando una nueva leyenda literaria está a punto de nacer? Después de todo, las editoriales nunca pierden.

Tengo una naturaleza muy compleja y una imaginación exuberante. Lo que más ambicionaba en la vida era escribir relatos misteriosos que dejaran a los lectores complacidos y satisfechos, aún si para lograrlo debía permanecer yo misma en el anonimato y otorgarle el reconocimiento a un nombre ya consolidado por los medios, la publicidad y la muerte.

Debo confesar que jamás imaginé ser capaz de cometer un asesinato para lograr mi sueño. Pero todos los artistas ansían alcanzar la gloria sin importar el medio. ¡Yo fui la mente creadora detrás de las últimas obras de Taibo Jacques! Yo era la que se sentaba a escribir durante horas mientras él, viejo y cansado, ya solo se dedicaba a envenenarse lentamente bebiendo mezcal y añorando el talento y la juventud que se le habían esfumado. ¡Y pensar que me pagó acostándose con una mujerzuela! ¿Por cuánto tiempo me habrá engañado el malnacido?

Ahora yo también siento esa necesidad de dar a conocer a mis semejantes mi astucia y mi ingenio haciendo esta confesión. Conservo la esperanza de que el misterio del asesinato de Taibo Jacques continúe insoluble, aunque puede ser que la despistada policía mexicana demuestre más inteligencia de la que supongo. Antes bien, estoy segura que la editorial mantendrá este escrito fuera de los reflectores de los medios. La empresa no querrá que un escándalo así arruine una pequeña mina de oro editorial.

Al llegar a la isla pensé que ya nunca pensaría en Taibo Jacques, sin embargo, poco a poco he comprendido que la vida en verdad es una maldita broma: es solo cuando estoy a punto de partir que me doy cuenta de que nunca lograré escaparme de su recuerdo:

"Tenía la apariencia de un crooner de los años sesentas: complexión delgada, cabello gris aceitoso y ojos color aceituna. Poseía el mismo mal genio que Chandler le dio a Marlowe,

y por supuesto... también era un vicioso. Jamás fumó en su vida, pero su voz era ronca como si sus cuerdas vocales estuvieran completamente quemadas: años de tomar al menos un caballito de mezcal «Los Suicidas» a la hora de la comida, y media botella de bourbon después de la cena no habían pasado en vano. Lo más irónico de todo es que Ulises Nicanor Owen dejó de tomar el café turco que tanto le gustaba porque le provocaba acidez estomacal. Ya hacía muchos años que lo había cambiado por cualquier té suave.

—Eres un pinche marica —se repetía para sí mismo porque ya no se soportaba".

La imagen de Taibo Jacques no podría ser más perfecta para retratar a un nuevo anti-héroe para el género *hardboiled*. Después de todo, él siempre quiso dejar de ser escritor para convertirse en un detective salido de una novela negra de la vida real.

Ulises Nicanor Owen... U. N. Owen... Unowen... y con un poco de imaginación, *Unkown*. Ese personaje desconocido que ni siquiera los lectores más voraces logran desentrañar. Me pregunto si usted leyó entre líneas y encontró la astuta referencia. ¿En verdad conoce usted su negocio y sus orígenes? ¿Reconoció usted que este es mi tributo a una de las más grandes novelas de misterio jamás escrita? ¡La historia que devoré una y otra vez hasta obsesionarme por las letras y convertirme en editora, escritora y asesina!

¿Patricia Adler? ¿Úrsula Norma Owen? ¡Maldita sea! Después de haber llegado tan lejos por supuesto que no puedo empezar a dudar. Yo tengo más talento que la pomposa de Agatha Christie, aunque reconozco que jamás entenderé cómo hizo ella para sobrevivir a tantos finales de tantas novelas… yo no creo tener las energías para poder subsistir al de este relato.

En realidad, ya no puedo más con mi conciencia, los gritos del fantasma de Hemingway retumban todo el tiempo en mi cabeza: si París es una fiesta que te acompaña toda tu vida, La Habana debe ser el recuerdo de tu más terrible resaca.

Aún no sé cómo terminará esta historia. No en todos los misterios el asesino es el mayordomo. ¡El asesino siempre es el escritor!

¿Será que siento culpa por haber matado a alguien? ¿Al amor de mi vida? ¡No! ¡Le he dado vida a mi propio Frankenstein del *truecrime*! Si después de asesinar a Joan Vollmer, Burroughs aprendió a escribir. Después de asesinar a Taibo Jacques, solo la grandeza me debe estar esperando.

"¡Tenía —tenía— que cometer un crimen, pero un crimen sensacional, fantástico, fuera de lo común. En este aspecto, todavía conservo, creo, la imaginación de un adolescente.
¡Quería algo teatral, imposible!
Quería matar. Sí, deseaba matar".[9]

Sí. Efectivamente creo que es a causa del clima que me está costando tanto trabajo seguir escribiendo, ¡incluso más de lo usual! En verdad que el calor es insoportable

---

[9]   Ibídem, p. 219

en Cuba en esta época del año. Ya no puedo pensar más, seguramente cuando la habitación del hotel esté completamente oscura y fría se me ocurrirá un memorable final.

"Un negrito se encontraba solo".[10]

¡Muero por saborear una nieve! La vida es una maldita broma. Querer disfrutar algo tan dulce y frío mientras esperas que un amargo y caliente veneno surta efecto… es una cruel ironía.

— FIN —

---

[10] Ibídem, p. 90

AGRADECIMIENTOS

Buscar ser un autor publicado en tiempos digitales puede ser a la vez una carga y una bendición. La verdadera independencia para el *underdog* no llega sino hasta que te dan la espalda los mismos monstruos editoriales de siempre. Después de todo, a los grandes nombres en el mundo de la literatura no les gusta arriesgarse por los nuevos talentos: las editoriales nunca pierden.

Por tal motivo, quiero dedicar unas líneas para agradecer a todos aquellos amigos y colegas que se tomaron el tiempo de leer las líneas de mis primeros borradores, y me dieron las recomendaciones que hicieron del texto original de *Nieves en La Habana* una experiencia más coherente y disfrutable para un posible lector. Cada una de esas palabras me llevaron a pensar que valía la pena buscar un lugar en el universo de los libros impresos a como diera lugar.

Entre este desfile de amigos editores quiero destacar los comentarios de Fernanda Guerrero Plata, Sergio O. Salazar, Olga Riebeling, Alina Midori Hernández, Sarahy Sigie, Juan Pedro Delgado, Fernanda Morales, Fernanda Bussey, Leticia Panduro, Claudia Cuéllar y Karla Zárate. A todas y todos, creo que nunca les he dicho cuánto los admiro y respeto. Mención aparte y muy especial para quienes sí se convertirían en mis editores oficiales: Victoria Gutiérrez y Jorge Díaz.

Del mismo modo, considero oportuno hacer un par de comentarios sobre las licencias literarias que tomé prestadas para construir este relato. Si usted, curioso lector, fue lo suficientemente sagaz, seguro encontró diferentes referencias artísticas en la obra, cuya invención pertenecen a los autores que me han inspirado a lo largo de la vida.

En este sentido, quiero aclarar que la marca de mezcal *Los Suicidas*, y el universo casi onírico del *Plan de Abajo* —incluyendo la cafetería *La Flor de Cuévano* y el nombre del cura Periñón— son en su totalidad creación de Roberto Bolaño y de Jorge Ibargüengoitia, respectivamente. Lo mismo sucede con el apellido de mis curiosos personajes: Gómez-Letras y el mismo Taibo Jacques, son tributo al maestro Paco Ignacio Taibo II. Incluso, el nombre Ulises Nicanor Owen y muchos detalles de la historia se basan en los trabajos de Agatha Christie.

Una situación un poco diferente sucede con la heladería *Coppelia* y el callejón de Hamel, lugares emblemáticos en la ciudad de La Habana que existen en el mundo real. Mi propia experiencia personal visitándolos, inspiraron la creación de esta novela. Por tal motivo, decidí mantener sus nombres originales como muestra de agradecimiento y cariño. Mis personajes solo fueron comensales y turistas mientras se desarrolló la historia.

A todos estos autores referenciados que ya pertenecen al zodiaco literario: gracias infinitas por la inspiración. El mejor impuesto y honorario que puedo pagarles, es jamás soltando la pluma de ahora en adelante.

Eduardo J. Pérez Ríos.
Enero del año 2020.

N I E V E S   E N   L A   H A B A N A
de *Eduardo J. Pérez Ríos*

Se terminó de imprimir en abril de 2020 en Guadalajara, Jalisco, México. Se tiraron 100 ejemplares. Para su diseño se usaron fuentes de la familia Adobe Garamond Pro a 9-20 puntos. Cuidaron de la edición Victoria Gutiérrez Cárdenas y el autor. El diseño editorial y la impresión fueron por cuenta de Punto&Coma Editores.

informes@puntoycomaeditores.com
www.puntoycomaeditores.com
www.galaxialiteraria.com
Tel. y WhatsApp: 33 14822765